O MONGE E O BILIONÁRIO

Tradução
CAROLINA CAIRES COELHO

Vibhor Kumar Singh

O MONGE E O BILIONÁRIO
Uma história sobre como encontrar a felicidade extraordinária

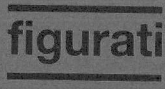

São Paulo, 2021

O monge e o bilionário
The Billionaire and the Monk
copyright © 2021 by Vibhor Kumar Singh
copyright © 2021 by Novo Século Editora Ltda.
Portuguese (Brazil) edition published by arrangement with Montse Cortazar Literary Agency (www.montsecortazar.com)

All rights reserved.

EDITOR: Luiz Vasconcelos
COORDENAÇÃO EDITORIAL E PROJ. GRÁFICO: Nair Ferraz
TRADUÇÃO: Carolina Caires Coelho
PREPARAÇÃO: Iracy Borges
REVISÃO: Ariadne Silva

Capa adaptada da versão original.

texto de acordo com as normas do Novo Acordo Ortográfico da Língua Portuguesa (1990), em vigor desde 1º de janeiro de 2009.

Dados Internacionais de Catalogação na Publicação (CIP)
Angélica Ilacqua CRB-8/7057

Singh, Vibhor Kumar
 O monge e o bilionário / Vibhor Kumar Singh; tradução de Carolina Caires Coelho. --
 Barueri, SP: Novo Século Editora, 2021.

Título original: The Billionaire and the Monk

1. Autoajuda 2. Desenvolvimento pessoal 3. Filosofia de vida I. Título II. Coelho, Carolina Caires

21-2160   CDD-158.1

Índice para catálogo sistemático:
 1. Autoajuda

Alameda Araguaia, 2190 – Bloco A – 11º andar – Conjunto 1111
CEP 06455-000 – Alphaville Industrial, Barueri – SP – Brasil
Tel.: (11) 3699-7107 | Fax: (11) 3699-7323
www.gruponovoseculo.com.br | atendimento@gruponovoseculo.com.br

Ao meu falecido pai,
Kunwar Onkar Singh
(1950-2013)

Que me ensinou a manter o senso de humor
mesmo nas épocas mais difíceis.
A vida tem sido bela graças a esse ensinamento.

"O melhor momento para plantar uma árvore
foi há 20 anos.
O segundo melhor momento é agora."
– antigo provérbio chinês

Agradecimentos	11
Prólogo	13
Capítulo 1 A estrada para Shangri-La	19
Capítulo 2 Começa com a mente	31
Capítulo 3 Simplicidade da felicidade	45
Capítulo 4 O jogo da não culpa	55
Capítulo 5 Afaste a mágoa	65
Capítulo 6 Corpo saudável, corpo feliz	75
Capítulo 7 Comprar felicidade	85
Capítulo 8 A volta para casa: a história do monge	99
Capítulo 9 Escolher o caminho: a história do bilionário	107
Capítulo 10 Despedida	115
Epílogo	121
Pontos de conhecimento	125
Carta do autor	129

AGRADECIMENTOS

Só quando nos sentamos para escrever um livro percebemos que um livro é um projeto que exige muito mais do que apenas capacidades criativas. Meu caminho da ideia à publicação tem sido longo e sinuoso, mas tem se tornado memorável e agradável por todas as pessoas que me apoiaram, inspiraram e incentivaram.

Sou grato à minha mãe, Kunwarani Meena Singh, por sua orientação, bênçãos e incentivo constante para atingir excelência em todas as esferas da vida.

Sou grato a Rahul Chaudhary, Neil Pickering, Anil Nayar e a Dra. (Sra.) Ridha Singh Gupta por serem os primeiros leitores do texto e por me darem seu valioso feedback.

Sou agradecido à minha esposa, Shakuntala, por apoiar continuamente todos os meus esforços e por lidar com o meu desequilíbrio entre o trabalho e a vida pessoal!

Agradeço a meu filho, Ayushraj, por seus comentários valiosos sobre conteúdo e estilo. Eu o procurei muito para obter ideias durante o projeto.

Sou grato à minha filha, Aaradhya, por me trazer todos os sorrisos e risadas.

Gostaria de agradecer ao Dr. Binod Chaudhary, Pankaj Dubey, Kelden Dakpa, Rakesh Mathur, S.D. Dhakal, Dr. Abhijeet Darak, Dr. Anant Gupta, Dr. Raj Ratna Darak, bem como a todos os meus mentores, amigos e membros da família que têm sido uma fonte de inspiração e felicidade ao longo dos anos. Cada um deles, à sua maneira, moldou meu processo de raciocínio e influenciou este livro.

Gostaria de agradecer à equipe da Notion Press Publishing por me ajudar a montar o processo de publicação.

Por fim, gostaria de agradecer ao Todo-Poderoso lá de cima, que eu firmemente acredito que me ama, por ter tornado a vida uma jornada desafiadora, mas agradável, e por me dar a oportunidade e a força de buscar uma vida cheia de sentido e realização.

PRÓLOGO

"O sucesso não é a chave para a felicidade. A felicidade é a chave para o sucesso. Se você ama o que faz, será bem-sucedido."

— Albert Schweitzer

Sentado na suíte presidencial com vista para o Central Park em Nova York, o Bilionário estava se preparando para a entrevista. Ele estava entre as 2.153 pessoas no mundo chamadas Bilionários do Dólar, um reconhecimento sincero da conquista e perseverança do ser humano. Ele não tinha herdado o título, e isso o havia tornado mais especial aos olhos do mundo. Em uma única vida, ele havia conquistado riqueza que alguns países demoravam gerações para acumular. Ele tinha orgulho de suas conquistas.

A entrevista seguiu da forma esperada. A agência de relações públicas que ele havia contratado era a melhor do mundo e não havia poupado esforços para projetá-lo como um homem humilde, porém ambicioso – um homem comum com grandes sonhos. Alguns o chamavam de Touro dos Acordos.

Abençoado com uma mente aguçada que entendia o mercado de ações sem esforços e exatidão na tomada de decisões empreendedoras perseverantes, ele havia liderado um estilo de negócios que era inigualável e imbatível.

No entanto, a última pergunta da entrevistadora o deixou inquieto. Apesar de ter respondido com confiança, do jeito de sempre, algo havia despertado dentro dele. A pergunta não fazia parte do roteiro que lhe havia sido entregue mais cedo. Provavelmente, a pergunta foi considerada uma mera formalidade ou um último comentário insignificante. No entanto, para ele, esta última pergunta havia tornado cada aspecto da noite, na verdade, toda a sua vida, irrelevante.

"Você é feliz?", a garota tinha perguntado.

***

Conforme o dia chegou ao fim, o Monge se sentou na cadeira para jantar, perdido em pensamentos enquanto observava o vapor de sua tigela de sopa subir, dançando em círculos e desaparecendo. A não permanência é também a natureza da existência humana. Nascemos da Alma Suprema e temos apenas algum *tempo para tornar nossa presença sentida no mundo até desaparecermos de novo na Alma Suprema.*

Apesar de fazer 30 anos desde que ele tinha deixado a ordem dos monges e aberto mão de sua condição, era um homem muito respeitado e instruído. As pessoas ainda se referiam a ele pelo título de Monge.

Depois do jantar, o Monge sentiu o desejo de encontrar seu guruji – o Grande Lama – para clarear sua mente. Algo o perturbava. Era uma noite iluminada pela lua, e o teto dourado do mosteiro refletia um tom prata. Isso só provava para ele que a perspectiva era mais importante do que a substância. Uma brisa suave trouxe consigo o frio das montanhas. Enquanto ele seguia sozinho pelas ruas de paralelepípedos da velha cidade bucólica, imaginou que tinha sido numa noite como aquela, provavelmente, que um príncipe havia deixado para trás todas as suas posses materiais, relações terrenas e um palácio maravilhoso para percorrer o caminho do conhecimento. O príncipe nunca mais voltou; em vez disso, nasceu o Grande Buda.

Provavelmente era um pecado comparar-se com o Buda, mas seu coração estava agitado nas últimas semanas e ele não conseguia controlar suas emoções ultimamente. O Grande Lama havia explicado uma vez que todas as jornadas de autoconhecimento e paz interior começam quando fazemos as perguntas certas. Aquele dia provavelmente era o dia em sua vida no qual, mais do que respostas, ele precisava da pergunta certa.

Quando ele virou na rua em frente à casa do Grande Lama, ficou cara a cara com um grafite no muro. Leu e ficou paralisado. Era seu coração armando um truque ou seria intervenção divina? O Monge se virou e voltou para seu quarto sem encontrar o Grande Lama.

Ele havia encontrado sua pergunta. Havia três palavras escritas no muro:

Você é feliz?

Capítulo 1

A ESTRADA PARA SHANGRI-LA

"Não se pode depender dos olhos quando a imaginação está fora de foco."

— Mark Twain

❝ Se a felicidade é uma jornada, o minimalismo é o primeiro passo", disse o Monge ao Bilionário.

Apesar de a frase ter sido dita sem contexto, o Bilionário fechou os olhos concordando.

Sua mente buscou o momento em que eles tinham decidido ser sócios. A primeira reunião no hotel em Kathmandu havia feito os dois decidirem. O Bilionário tinha visto uma oportunidade de fazer algo realmente diferente de seus acordos de sempre – um hotel em Shangri-La era o maior troféu a ostentar. O Monge tinha visto a parceria como uma ponte para se reconectar ao mundo materialista. Ambos conheciam o benefício mútuo da colaboração e o haviam respeitado. E, naquele dia, dois anos depois, o Bilionário soube que tinha tomado uma decisão rentável. Apesar de aquela ser sua primeira visita ao hotel, sua equipe e o Monge tinham executado um projeto de bom custo e o Bilionário estava feliz com as vantagens que o hotel estava recebendo da indústria de turismo.

No início, ele temeu que ter um monge budista como parceiro seria difícil. O que um monge sabia sobre os negócios? No entanto, agora, com o balancete do projeto do hotel, o Bilionário ficou feliz por ver que estava enganado.

Voltando a pensar na afirmação do Monge, o Bilionário refletiu que, na infância, o primeiro pensamento que tinha sido colocado em sua mente era associar a felicidade ao acúmulo de bens materiais. Exibir abundância era considerado como a chave para a felicidade em sua sociedade. Esquivar-se da abundância era visto como fracasso. No entanto, em algum lugar de seu coração, ele precisava descobrir como o hábito de juntar e acumular não passava de excesso e um dos obstáculos que o impediam de buscar a felicidade em sua vida. Talvez o monge pudesse ajudar?

"O minimalismo não é a ausência de ambição. Não é santidade. É uma escolha de vida em que você decide viver com poucas coisas, mas com muito foco. A ideia é que, desentulhando fisicamente, você também *desentulhe seus armários mentais, que permanecem cheios de objetos e emoções desnecessários e sem sentido*", o Monge disse como se tivesse lido a mente do Bilionário. "Acho que ter menos coisas para carregar faz com que seja mais fácil tomar o caminho da vida", respondeu o Bilionário, com sarcasmo.

O trajeto admirando a paisagem tibetana acidentada, mas bela, estava começando a acalmar os nervos do Bilionário. As últimas 24 horas tinham sido muito agitadas, com viagens intercontinentais com fuso horário diferente e algumas notícias ruins acompanhando-o naquela viagem. O acordo com a empresa de tecnologia no Cazaquistão não estava saindo conforme o esperado. A burocracia estava atrasando a assinatura da licença. Era preciso "molhar algumas mãos", mas o Bilionário tinha se recusado a fazer isso.

Levando os pensamentos de volta ao presente, o Bilionário sabia o sentido do minimalismo moderno; afinal, era a mais nova moda mundialmente. O bilionário Nicolas Berggruen era seguidor declarado do minimalismo moderno. Essencialmente, o minimalismo era um estilo de vida que defendia ter poucos pertences. Simplesmente incentivava a pessoa a identificar o que era essencial para sobreviver e jogar todo o resto fora. Toda posse material tinha que justificar sua existência em seu dia a dia. O único problema era que ele pensava no minimalismo como um estilo de vida hippie.

"Muito mais fácil", sorriu o Monge, trazendo o Bilionário de volta à discussão. "Mas quando você decide ser minimalista na vida, começa a deixar de lado toda a bagagem desnecessária; começa a ver os verdadeiros objetivos e a sentir a energia para conquistá-los efetivamente. Não é uma desculpa para fugir de suas responsabilidades. Não é uma vida sem ambição. Certamente não é uma desculpa para ser preguiçoso! Você está simplesmente decidindo se concentrar em poucas coisas essenciais e a afastar as distrações. Ao focar sua energia em poucas coisas essenciais, pode afastar as distrações e alcançar a felicidade de uma maneira muito mais eficiente."

Pensando bem, o Monge estava certo, o Bilionário pensou. Algumas das pessoas mais bem-sucedidas atualmente, como Jeff Bezos, o homem mais rico do planeta, Bill Gates, Warren Buffet, e o prodígio Mark Zuckerberg, são famosos por sua capacidade de viver uma vida simples e focada. Eles até atribuem seu sucesso ao fato de que podem cortar distrações e focar apenas os aspectos essenciais; isso, na verdade, os ajuda a se concentrar na situação geral.

"Então, o minimalismo apoia sua ambição?", perguntou o Bilionário com um tom curioso. O céu estava começando a ficar cinza com nuvens ameaçadoras. Raramente chovia nessa parte do mundo, mas a dança das nuvens era sempre teatral.

"Sim, conforme passamos do aspecto físico do minimalismo à aceitação mental do minimalismo, isso nos dá a liberdade para buscar o que é essencial. A verdade é que o único motivo pelo qual continuamos vivendo com muitas coisas é porque temos medo de abrir mão. Achamos que podemos precisar, um dia, do que hoje achamos inútil. Nosso medo e insegurança são as principais razões pelas quais relutamos em adotar o minimalismo. Sentimos que a sociedade vai nos julgar, que nossa situação social será manchada, e nossa ambição e sonhos morrerão se adotarmos o minimalismo." As últimas frases do Monge serviram para ajudar o Bilionário a tomar a decisão certa. O Bilionário compreendeu, e isso causou um sorriso amarelo.

Surpreendentemente, uma garoa tinha começado. O Monge desceu o vidro das janelas do carro, e o cheiro terroso da chuva batendo na terra seca tomou o carro. Era viciante. "Engraçado, podemos diferenciar entre nós mesmos com base em países e raças, mas em todos os lugares os cheiros de terra são os mesmos", o Bilionário murmurou a si mesmo. O Monge ouviu. "Sim, os humanos se diferenciam; a natureza, não."

"Então, me conte, como você desejaria que eu praticasse o minimalismo sem ter que abrir mão de minha conta bancária?", perguntou o Bilionário. A filantropia não era seu forte, e ele não tinha intenção de doar sua fortuna suada à caridade.

"O minimalismo não tem a ver com abrir mão de sua conta bancária, amigo; ele pode aumentá-la!", disse o Monge com uma piscadinha e um sorriso. "Deixe-me repassar os principais componentes de minimalismo como eu os entendo:

Acredito que o caminho para a felicidade começa com deixar um pouco de bagagem. No entanto, diferentemente do Grande Buda, nem sempre temos que renunciar ao mundo. É neste ponto que meu guruji no mosteiro e eu costumamos discutir. Sou contra a renúncia total e quero encontrar felicidade no mundo, nem sempre longe do mundo. Vejo o minimalismo como o primeiro passo para meu objetivo de felicidade." O Monge ficou sério. "Tenho estudado e tentado encontrar as respostas para a felicidade por meio do minimalismo. Posso ter chegado a algum lugar, mas não tenho certeza. Talvez possamos unir nossos pensamentos. Por que não pega a agenda de bolso do porta-luvas? Tenho anotado meus pensamentos nela", o Monge disse, apontando o porta-luvas.

O Bilionário encontrou a agenda e a abriu. Na primeira página havia uma foto do Dalai Lama. Como é proibido levar a imagem, a maioria dos tibetanos esconde a imagem de Sua Santidade entre seus objetos do dia a dia. Na terceira página, estava escrito o seguinte:

1. O minimalismo é tanto a bagagem física quanto emocional.

2. O minimalismo físico é o primeiro passo em direção à felicidade mental e emocional.

3. Os seres humanos são engenhosos e podem inovar para viver dentro e fora.

4. O minimalismo melhora a ambição, ajudando-nos a focar.

5. O maior presente do minimalismo é o tempo livre que ele gera e que pode ser usado para irmos atrás do que é importante.

6. O minimalismo faz bem ao planeta. Praticar o minimalismo é nossa maneira de contribuir.

7. Não carregue o peso do mundo em seus ombros.

O Bilionário releu a página e, depois de pensar, acrescentou o seguinte:

8. Dinheiro economizado é dinheiro conquistado.
9. Lembre-se, não estamos nos tornando santos por buscarmos o minimalismo; estamos apenas nos tornando seletivos em nossas buscas e objetivos.
10. Não participe do consumismo para levar à falência seu bolso e sua felicidade.

O Bilionário não conseguia controlar seu sorriso ao notar que tinha escrito as palavras com sua mais nova caneta Montblanc; a ironia simplesmente morreu.

"Vamos fazer uma coisa. Fico aqui por três semanas. Como não terei muito trabalho aqui, acho que terei tempo para pensar nessas questões além do trabalho. Vamos decidir fazer uma lista de coisas que trazem felicidade às nossas vidas e compartilhá-las entre nós no último dia desta viagem. O que me diz?", o Bilionário perguntou animadamente.

"Isso parece incrível. Finalmente poderei dividir minhas opiniões sobre felicidade e aprender sobre felicidade com alguém que é um capitalista ferrenho." Os dois começaram a rir.

Capítulo 2

COMEÇA COM A MENTE

"Para gozar de boa saúde, levar felicidade à família, levar paz a todos, é preciso encontrar disciplina e controlar sua mente. Se um homem pode controlar sua mente, pode encontrar o caminho para a iluminação, e toda a sabedoria e virtude chegarão a ele naturalmente."

— Buda

O governo da China, em 2001, havia rebatizado o tranquilo vilarejo de Zhongdian da mítica Shangri-La conhecida como *Horizonte Perdido*. Foi um plano de marketing brilhante para construir um destino turístico do zero e deixar o mundo ocidental sentir a serenidade e tranquilidade do Tibete. Zhongdian foi escolhido porque tinha todos os três elementos essenciais mencionados na história – uma incrível e bela paisagem tibetana, restos de um avião de guerra da Segunda Guerra Mundial que tinha sido descoberto perto da fronteira do vilarejo, e a presença do encantador Mosteiro Songtsen Ling. Pensando bem, talvez Zhongdian fosse a Shangri-La que James Hilton imaginou.

O Bilionário tinha lido sobre o desenvolvimento em Shangri-La e aproveitou a primeira oportunidade que teve para começar uma parceria com o Monge. Este tinha sido altamente recomendado por sua capacidade pelos contatos do Bilionário no Governo da China. Era um hotel pequeno, mas a ideia de ir antes de seus colegas ao destino foi um incentivo importante para o ego do Bilionário.

* * *

O Bilionário amou seu *chá* matinal. Chai masala doce era sua bebida preferida. *Quem bebe café gosta de "fingir" e não é de confiança. Mas quem bebe chai tem os pés no chão e é confiável.*

A manhã daquele dia estava diferente. Agora que ele tinha começado a olhar para o mundo pelas lentes do minimalismo, a beleza na leveza da vida ficou evidente para ele.

Ele acreditava que a mente humana era a ferramenta mais poderosa que está dentro de nosso controle. O Bilionário sabia que, cientificamente falando, o cérebro controla nosso bem-estar emocional por meio da liberação de neurotransmissores, como dopamina e serotonina, que são responsáveis pela emoção de "felicidade" que sentimos. Além disso, todos os sentimentos, como medo, ansiedade, dor e depressão nascem na mente e podem ser mortos na própria mente. O poder de pensar, imaginar, decidir e agir está dentro do ardil da mente. Em virtude desse papel fisiológico essencial, nosso quociente de felicidade está relacionado a nosso estado mental. Mas o conhecimento não é fácil de acompanhar.

Depois da discussão do dia anterior, ele viu a importância de desentulhar seu espaço mental e substituir o acúmulo por um espaço de felicidade para alcançar alegria e felicidade duradoura – um espaço tão sereno quanto aquele que ele tinha construído em Shangri-La.

"Você dormiu bem?", a pergunta do Monge tirou o Bilionário de seus pensamentos. "Espero que o quarto esteja aquecido."

"Sim, foi ótimo. Os suíços fizeram um ótimo trabalho com o aquecimento do piso. Vou enviar um e-mail ao meu escritório, hoje à tarde mesmo, para escrever uma carta oficial de agradecimento ao outro CEO. Mas acabei pensando em nossa conversa de ontem sobre minimalismo. O minimalismo é bom, mas eu acho que são necessárias mais variáveis para deixar as pessoas felizes na vida. Afinal, se a felicidade estivesse apenas no minimalismo, o mundo pararia.

Nenhum progresso material para a humanidade tomaria forma. Faz sentido o que estou dizendo?"

O Monge não esperava que um bilionário pensasse em minimalismo logo cedo. Mas anos lidando com mentes questionadoras fizeram com que ele entendesse os pensamentos na mente do Bilionário. "Concordo. A felicidade é mais do que apenas o minimalismo. Semana passada mesmo, conheci um fascinante casal de idosos norte-americanos que compartilharam comigo alguns *insights* muito profundos sobre o que aprenderam na vida. Vamos falar sobre isso no café da manhã?"

Tanto o Bilionário quanto o Monge apreciavam um café da manhã farto. Como ambos vinham de juventudes muito sofridas, eles consideravam isso um luxo. Por isso, o café da manhã sempre era uma refeição bem-feita.

"O Sr. e a Sra. Fanning são empresários de primeira geração, como você, e têm alguns poços de petróleo no Texas. Eles provavelmente têm setenta e poucos anos e estavam aqui para comemorar o aniversário de 40 anos de casamento. O que me atraiu neles foi a aura de felicidade que emitiam. Além disso, a disciplina que eles mantinham mesmo nessa idade era impressionante. Parecia que eles tinham todas as atividades planejadas dentro de um cronograma, fosse o entretenimento ou as refeições. Eles aproveitavam, mas nunca exageravam, se posso dizer isso.

Então, eu perguntei ao Sr. Fanning como ele fazia para manter sua disciplina e ainda ser feliz.

"A felicidade começa com a definição dos seus objetivos e o ritmo de sua vida de acordo", ele comentou.

"Definir seus objetivos. Um passo essencial em direção à felicidade é trazer foco a seus pensamentos. Lembre-se, aquilo a que você dá atenção, cresce. Assim, é imperativo que você saiba para onde está indo antes de começar a trilhar o caminho para a felicidade. Retire toda a confusão e a substitua por objetivos bem definidos."

Ele me explicou o jogo do "padrão do objetivo do fim de semana" que ele adora dividir com as pessoas. É algo assim.

Sexta-feira – Um pouco antes de dormir, pense, em silêncio, e escreva os 20 objetivos mais importantes que você quer alcançar. Categorize-os como quiser, objetivos materialistas, profissionais, sociais, físicos e emocionais se quiser. Você deve anotar esses objetivos com honestidade e sinceridade. Coloque esse pedaço de papel embaixo de seu travesseiro e deixe os objetivos serem o último pensamento a ocupar sua mente antes de dormir.

Sábado – Quando acordar, apague cinco dos objetivos menos essenciais da lista. A eliminação não tem que ser categorizada. Os cinco objetivos menos importantes na lista são deletados. Durante o dia, pense nos objetivos e também pondere se você precisa adicionar algo. Mais tarde, à noite, quando estiver em paz consigo mesmo, apague mais cinco. Se adicionou algo à lista, apague o número correspondente para que restem apenas dez objetivos. Mais uma vez, durma com os objetivos embaixo do travesseiro.

Domingo – Quando acordar, apague mais cinco. Agora você só tem cinco objetivos. Esses cinco objetivos são o propósito de sua vida. Viva com eles e viva por eles. Identifique as habilidades, as pessoas e as ferramentas necessárias para alcançá-los.

Antes de dormir no domingo, escreva as habilidades, pessoas e ferramentas que você identificou em cada objetivo. Coloque essa lista final de objetivos e o caminho em direção a eles embaixo do travesseiro e durma com a satisfação de que você começou a viagem mental para alcançar a felicidade.

Todas as noites, antes de dormir, repasse a lista. Esses objetivos e o caminho devem ser seu último pensamento antes de dormir. Aos poucos, a mente filtrará todas as outras ideias, e seu foco nesses objetivos será visível em todas as suas ações.

"Quando começar a fazer isso, passe para o próximo passo, que é viver seguindo uma lista de afazeres." O Monge fez uma pausa para tomar um gole de seu chai.

"Eu também gosto de seguir uma lista de afazeres", interrompeu o Bilionário. O entusiasmo para dividir seus pensamentos era infantil.

"O benefício produtivo de fazer uma lista de afazeres é muito grande. É uma ferramenta essencial que nos ajuda a remover o mundano e a focar o necessário. Uma lista de afazeres é mais bem preparada se for feita de manhã, para que você possa planejar seu dia de acordo com ela. De manhã, a mente está calma e em um estado melhor para processar totalmente um aspecto do dia que está começando.

Encher a lista vai desanimar você de cumpri-la. Por isso é melhor mantê-la simples, enumerada e precisa, para que ela apoie a mente e não a sobrecarregue. À noite, confira a lista de afazeres e marque as tarefas completadas. Espero que você tenha conseguido realizar todas as tarefas, mas se alguma coisa estiver incompleta, não se preocupe. Complete no dia seguinte.

A satisfação de marcar as tarefas finalizadas aumenta a confiança, incentiva e dá energia para futuras missões. Isso vai lhe ajudar a focar e alcançar mais." O Bilionário terminou a frase com um ânimo de conquista. Ele esperava ganhar uma estrelinha dourada de seu professor!

Outra grande mente agora comprovava o segredo do Sr. Fanning.

***

Depois do café da manhã, os parceiros visitaram o governador da província. O governador representava as características do Governo da China e sempre ficava animado por encontrar investidores e perguntar como as coisas estavam. Manter-se em contato ajudava a dar conforto aos investidores e também podia ajudar a atrair mais investimentos à região. O Governo da China valorizava investidores como nenhum outro país, e isso era em parte responsável pela trajetória de crescimento que o país tinha testemunhado nas últimas décadas.

O Bilionário acreditava fortemente que a China era uma sociedade capitalista com roupagem socialista, enquanto a Índia era uma sociedade socialista com roupagem capitalista.

O governador era um homem bonito de 55 anos, se isso pode ser dito. Ele sorria com os olhos. Apesar de o Bilionário não compreender a língua, a demonstração genuína de felicidade e preocupação por parte do governador foi suficiente para o Bilionário se sentir bem-vindo e amado por esse país. A felicidade era contagiosa, ele acreditava.

De volta ao resort, o Monge levou o Bilionário para encontrar o Grande Lama. Seguindo a filosofia de iluminação, o quarto do Lama era simples e adornado apenas com itens essenciais. Por sorte, o Lama havia acabado de terminar sua meditação e havia um brilho de alegria em seu rosto. O Monge sempre falava sobre o Bilionário, e o Lama estava feliz por finalmente conhecer o homem visionário, que era capaz de ver o potencial financeiro e o impacto social positivo de investir em um projeto como aquele.

O Lama, como muitos de seu povo, havia vivido na Índia durante algum tempo, na infância. Ele tinha o máximo respeito por indianos em razão do suporte que eles tinham dado a Sua Santidade o Dalai Lama.

Ele insistiu em chamar o Bilionário para uma refeição simples de arroz e lentilhas. O Lama, brincalhão, perguntou se o Bilionário tinha trazido conservas da Índia. Desde que se lembrava, os indianos tinham viajado o mundo como mercadores e homens de negócios e não como invasores. Eles tinham levado consigo sua cultura, alimentos e sabedoria. De seus dias em Dharamshala, o Lama adorava manga em conserva. As alegrias simples costumam ser as mais satisfatórias.

Enquanto esperavam pelo almoço, que viria antes da tradicional cerimônia do chá, a discussão começou a abordar a meditação.

"De acordo com a sabedoria e as escrituras antigas, a meditação, em diferentes formas e formatos, tem sido praticada para acalmar a mente e focar energia", o Lama explicou. "A meditação pode significar coisas diferentes a pessoas diferentes. Diversas escolas de pensamento e técnicas existem, e cada uma tem seus méritos e deméritos. No entanto, o objetivo de todas as técnicas de meditação é o mesmo – levar harmonia à mente, ao corpo e à alma. Assim, no meu ponto de vista, qualquer coisa que ajude você a conseguir harmonia é meditação. Não sou defensor ferrenho das meditações yogues regulares."

Harmonia é um termo passivo e raramente usado como parte do vocabulário ativo de alguém. Quando usada no momento certo, tem um tom agradável. O Bilionário ficou feliz ao ouvi-lo naquele ambiente e companhia.

"Para algumas pessoas, yoga é meditação, enquanto para outras, até mesmo um passeio no jardim é meditação. Para alguns, cantar é meditar e, para outros, ouvir as melodias de Kishore Kumar é meditação também." As últimas palavras foram direcionadas ao Monge, que adorava suas canções de Bollywood. "A verdade é que ouvir seus pensamentos em silêncio enquanto bebe uma xícara de chai também é meditação. Por isso, não siga nenhuma definição pronta ou preconcebida de meditação; em vez disso, qualquer coisa que ajude você a fazer uma conexão de milésimo de segundo com sua alma é meditação. Vá atrás disso. É a fonte mais poderosa de toda a energia e felicidade em sua vida. Não dê atenção a como as pessoas querem que você medite; só você sabe o que funciona para si. Atenha-se a isso." O Lama sorriu e apontou a tigela fumegante de arroz e *dal* que tinha sido colocada na frente de cada um deles.

A explicação de meditação do Lama fez sentido ao Bilionário. O Bilionário nunca tinha conseguido se sentar em uma posição "ideal" e meditar. Por mais que ele tentasse, sua mente hiperativa sempre vagava. Mas se a definição dada pelo Lama estivesse certa, ele meditava todos os dias quando tomava sua xícara de chá! Seu momento de chai era o momento que ele tinha para si mesmo; era sua meditação.

Como o Lama sabia? Coincidência ou orientação divina? O Bilionário sabia que o caminho para a felicidade tinha começado a se revelar.

Capítulo 3

SIMPLICIDADE DA FELICIDADE

"A beleza é a promessa de felicidade."

— Stendhal

> "O que é essa apresentação que tem mantido você ocupado a manhã toda?", perguntou o Monge, esperando não parecer muito intrometido.

"É um estudo sobre o futuro da indústria da telecomunicação e de como as pessoas estão consumindo dados mundialmente", respondeu o Bilionário de um jeito tranquilo enquanto continuava olhando para o seu iPad.

"É verdade que a raça humana está em um ponto de inflexão que tem sido estimulado pela introdução de vida virtual e existência digital? É a nova cocaína?", perguntou o Monge, totalmente consciente de que *agora* ele estava perturbando o Bilionário. Mas fazer perguntas sempre foi o hobby preferido do Monge. Afinal, como monge, ele havia aprendido que pedir era o primeiro passo para receber!

O Bilionário deixou o iPad sobre a mesa e respondeu depois de uma pausa: "Não resta dúvida de que a exposição ao smartphone e ao mundo virtual de modo geral seja uma conquista e uma maldição na rede de evolução humana. Terá implicações duradouras para a raça humana, algo que não pode ser visualizado hoje nem mesmo pelas melhores mentes de nossa geração. Sinto que é essencial aceitarmos a tecnologia, mas com precauções. Afinal, temos que entender que a tecnologia em nossas vidas hoje deve ser uma serva e não o mestre. É uma ferramenta que pode acrescentar enorme valor a nossa vida, mas, assim que começa a nos controlar, ela pede uma reavaliação de nossa relação com a tecnologia.

Sabe-se que o tempo de tela, principalmente por meio de um equipamento pessoal, como um smartphone, está alterando não apenas nossos hábitos de interação pessoal, mas também o poder da mente. Nós, como sociedade, estamos indo em direção ao conforto de uma existência virtual, pois isso exige mínimo esforço físico. Além disso, diversos estudos apontam cada vez mais em direção à possibilidade de que essa sobrecarga digital pode ser uma fonte importante de problemas, como ansiedade, distração, depressão e infelicidade.

O ímpeto de checar seu telefone com frequência, a sensação de rejeição que sobrevém quando sua postagem social não gera resposta, ou a tarefa deprimente de comparar sua vida real com a vida virtual de outra pessoa está levando a graves problemas de saúde mental e causando infelicidade generalizada. Assim, tem se tornado essencial saber como *desligar*! Sim, desligar seu celular agora é uma tarefa diária essencial, assim como escovar os dentes. Manter o telefone ao lado de sua cama à noite é mais tóxico para sua felicidade do que você imagina. Pode ser um hábito inofensivo, mas o dano que ele causa na mente inconsciente tem muitos desdobramentos. O desejo de sempre se manter conectado o dia todo e participar da 'Era da Atenção' está esgotando as alegrias simples de nossas vidas."

Era da Atenção? O Monge já tinha ouvido falarem sobre a Idade da Pedra, a Era do Ferro, a Era Industrial e, de certo modo, até mesmo da era capitalista, mas estava ouvindo o termo Era da Atenção pela primeira vez. No entanto, o contexto no qual aquilo havia sido dito foi facilmente compreendido por ele.

"No entanto, praticar o distanciamento das telas é mais difícil do que parece", interrompeu o Monge, brincando e apontando o iPad do Bilionário.

"Isso só prova o que quero dizer", riu o Bilionário. "O tempo que as pessoas gastam em redes sociais, assistindo a séries e outras coisas do conteúdo digital, sem propósito ou objetivo, tem nos transformado em zumbis. Tem feito as pessoas perderem o foco em atividades do dia a dia e piorado a produtividade no trabalho. Sabemos de tragédias que acontecem quando as pessoas arriscam a vida gravando um vídeo ou tirando uma selfie. Acho que não podemos subestimar a estupidez das obsessões humanas. Pode ser bom para o meu negócio, mas cuido para que meus filhos, na minha casa, tenham o consumo de conteúdo on-line regulado e que um limite de tempo estrito seja imposto à exposição a telas. Como eu conheço os efeitos colaterais, cuido para que isso não se torne um aborrecimento."

Indo além, o Bilionário ainda disse: "A hipocrisia é comum no capitalismo".

O Bilionário retomou seu trabalho no iPad. O Monge se afastou para ver por que os novos turistas cantavam um hino de futebol na área da recepção. Provavelmente, a equipe de futebol deles tinha vencido. *Sempre havia algo novo para aprender no ramo hoteleiro.* Ele sorriu.

O Bilionário precisou de um tempo e decidiu tirar um cochilo. O ritmo lento da vida em Shangri-La o estava ajudando a recuperar décadas de sono perdido! À tarde, os amigos deveriam dirigir a Pudacuo National Forest Park para planejar como as idas ao parque poderiam ser adicionadas ao itinerário turístico para os hóspedes do hotel.

***

A beleza do parque era arrebatadora. Os campos amplos, as montanhas azuis e os lagos reluzentes formavam um ambiente perfeito. Pinheiros e ciprestes antigos formavam o pano de fundo para as águas cristalinas. Os montes eram tranquilos e cheios de vida. Aumentando a beleza da paisagem estava a orquestra musical dos diversos grous de pescoço preto que tinham abençoado aquela terra, tornando-a seu lar. Essa experiência naquele momento foi, sem dúvida, felicidade perfeita.

Naquele momento, os pensamentos do Bilionário foram para a floresta de pedra que ele chamava de lar – Mumbai.

Ele refletiu sobre como a maioria dos seres humanos, os residentes do reino da selva de pedra, vive.

Alguns de nós somos apaixonados pelas paisagens da cidade, alguns de nós encontram música na comoção da cidade, e para alguns, as delícias gastronômicas da vida na cidade são irresistíveis. Ver vitrines, ir a discotecas e o trânsito fazem parte de nossa existência. Ame ou odeie, está ali. No entanto, em tudo isso sentimos falta da pureza da natureza, como eu estou sentindo. Provavelmente é por isso que algumas pessoas colam adesivos em seus carros nos quais se lê "as montanhas estão chamando".

Seus pensamentos continuaram soltos.

A natureza é a maior curadora. É uma fonte sem limite de felicidade, e nós, moradores da selva de pedra, temos que levar aquela felicidade a nossas vidas todos os dias. Respirar a natureza, e não as representações cosméticas, deve ser incorporado em nosso estilo de vida por meio do design e de arranjos. Talvez ter vasos de plantas, incorporar designs arquitetônicos arejados, adotar animais de estimação, reservar tempo para observar o sol nascendo e se pondo, caminhar em meio à natureza, fazer piqueniques e ouvir música que represente os sons da natureza possam ajudar a trazer a natureza e a positividade a nossas vidas. Abraçar a natureza, mesmo com os menores gestos, pode nos ajudar a afastar o mundano e a buscar o significativo. Talvez a teoria de minha esposa de que um passeio no parque pode acalmar seus nervos e evitar várias consultas médicas seja correta. Um toque de natureza pode dar ao nosso dia a dia cores de felicidade. Amém.

Conforme seus pensamentos se manifestaram, ele percebeu que a simplicidade daquelas ideias era fortalecedora.

Sem esquecer que o escapismo por meio das viagens e do turismo é uma indústria bilionária no mundo todo, o Bilionário e o Monge fizeram um brinde a seus investimentos no turismo!

O percurso de volta ao resort foi feito em silêncio. A felicidade e a beleza às vezes podem ser mais bem aproveitadas em silêncio solitário.

Capítulo 4

O JOGO DA NÃO CULPA

"A maioria das pessoas é tão feliz quanto decide ser."

— Abraham Lincoln

O Monge estava agitado, na verdade algo bem "atípico" para um monge, logo cedo. Alguns hóspedes tinham desaparecido com pertences valiosos do hotel quando fizeram o check-out, horas antes. Malditos ladrões! Tinha sido um erro concordar com seu amigo agente de viagens que havia registrado o grupo. O Monge quis dizer não, mas o medo de perder a aprovação social o impedira e agora ele estava pagando o preço. O gerente do hotel estava espumando de raiva enquanto o Monge o pressionava com ofensas.

O Bilionário havia acabado de beber seu chai da manhã e cuidadosamente observava seu companheiro culpar e desrespeitar os funcionários do hotel. Ele compreendia a frustração, mas ver um monge agitado era como testemunhar um oximoro ganhar vida.

O Bilionário pensou que, pela primeira vez, era sua vez de ensinar algumas lições a seu companheiro sobre felicidade, que o Bilionário tinha aprendido com os mistérios da vida.

"Você sabe que *ser grato e não culpar* são essenciais para alcançar a felicidade na vida", comentou o Bilionário, indo direto ao ponto enquanto seus sócios se sentavam para tomar o café da manhã. Apesar de o Monge já estar mais calmo, as lembranças da discussão da manhã ainda eram evidentes em seu rosto.

"Pode acreditar em mim, mas quando nos esquecemos dessas duas doutrinas, a vida de repente começa a piorar. A maioria das pessoas concorda que passamos muito tempo pensando em todas as coisas boas que poderiam ter acontecido em nossa vida, mas não aconteceram, por causa de alguém ou alguma coisa. Podem ser as ações de um colega, um acontecimento de infância, uma escolha de carreira ou uma decisão de investimento que não fizemos. A verdade continua: o passado não pode ser desfeito. Não há vingança, oração, remorso ou atitude remediadora que possa consertar o passado; o que se pode ajustar são as consequências atuais do passado.

Além disso, é libertador saber que você, e somente você, tem controle sobre sua vida. Essa compreensão é essencial para ser feliz. No momento em que você começa a culpar os outros pelo estado das coisas em sua vida, está cedendo controle e entregando seu direito de ser feliz. Quando você assume responsabilidade por suas atitudes, mesmo que terminem sendo desastrosas, elas oferecem a você uma oportunidade de aprendizado. No entanto, quando você começa a fazer o jogo da culpa, sua mente fica mais preocupada em montar uma 'lista de culpa' e deixa de processar as lições que poderiam ter sido aprendidas com o desastre.

Assim, é essencial parar de culpar.

Costuma-se dizer, e eu concordo totalmente, que se todos nós colocássemos nossos problemas sobre a mesa e os comparássemos com os dos outros, a maioria de nós ficaria feliz por ter os próprios problemas! Sim, uma observação estranha, mas verdadeira.

Todo mundo está lutando uma guerra particular, desconhecida aos outros, e todo mundo tem recursos para enfrentar essa guerra. Ou seja, seus problemas são os problemas certos para você. Assim, é essencial ser *grato pelo que você tem* e parar de chorar pelo *que poderia ter tido*. O que você tem ou não tem foi criado de acordo com suas necessidades, e essa generosidade de carma deve ser valorizada e apreciada. É essencial aprender a ser grato para ser feliz."

O Monge escutou com atenção, seus traços relaxando enquanto ele absorvia o que o Bilionário dizia.

"Mas lembre-se", continuou o Bilionário, "ser grato não quer dizer que você vive em um status quo sem aspirações; não significa que você desiste de tentar progredir ou ir além na vida. Só significa que você valoriza o presente e constrói o futuro sobre o presente". O Bilionário concluiu sua explicação, e o monólogo fez o Monge notar seu erro. O hábito de culpar poderia deixar uma pessoa manca no caminho para a felicidade. Ele também estava feliz por ver seu companheiro sob uma nova luz. Apenas um ser humano sensível conhecia a importância de ser grato.

O Monge pediu desculpas ao gerente do hotel e, com uma piscadinha e um sorriso, agradeceu a seu companheiro por mostrar a ele o caminho certo. Afinal, o Monge tinha muito pelo que ser grato na vida.

★ ★ ★

Conforme o dia progredia, o Monge continuou a pensar no acontecimento da manhã. Ele estava ansioso para aprender por que o acontecimento o havia deixado tão furioso. Clientes desaparecendo com coisas do hotel era algo comum. Então, o que o havia levado a ter essa reação extrema dessa vez? Ele precisava entender o motivo real por trás de sua ira. Talvez uma conversa rápida com seu guruji ajudasse.

O Lama ouviu a narrativa do Monge a respeito dos acontecimentos da manhã. A inocência do Monge de repetir as ofensas que ele havia verbalizado aos funcionários do hotel fez o Lama sorrir. Algumas das ofensas fizeram com que ele se lembrasse dos bons dias em Dharamshala, onde os turistas de Délhi usavam impropérios a torto e a direito, mas tudo na brincadeira. Quando o Monge terminou de narrar o acontecimento, o Lama tinha compreendido a causa da sua agitação.

"Agora que você decidiu voltar ao mundo comercial", o Lama disse com uma voz suave, mas firme, "você precisa entender a característica mais importante para o sucesso e a felicidade na vida. Precisa aprender a dizer NÃO." O Lama parou para olhar o pássaro que havia acabado de pousar na janela. *Ele também tinha chegado ali para ouvi-lo falar?*

"Muita infelicidade em nossa vida é criada porque não aprendemos a dizer NÃO. A maioria de nós tem medo de dizer NÃO para as pessoas, situações e relacionamentos porque teme o boicote social, a privação econômica, ou, simplesmente, a mudança."

"Somos levados a acreditar, desde a infância, que dizer SIM é a chave para o sucesso e a felicidade, pois isso abre portas. O que não nos ensinam é que dizer NÃO não significa, necessariamente, perder oportunidades. Simplesmente significa que depois de ter analisado uma situação da melhor maneira e do melhor ponto de vista, se você sentir vontade de dizer NÃO, diga e aja de acordo com essa decisão. Não deixe que ninguém nem nada o perturbe para dizer SIM quando você não quiser. Fazer algo apenas para agradar a alguém é uma forma perigosa de agradar e deve ser rejeitada sob qualquer circunstância.

Sua mente e seu coração estão agitados porque você disse SIM, apesar de dever ter dito NÃO.

A tragédia humana está no fato de que construímos relacionamentos, carreiras e situações com base em um SIM relutante. Essa situação que criamos apenas porque não conseguimos dizer NÃO sempre começa a se distorcer em nossas vidas. Então, um relacionamento que merece um NÃO pode permanentemente fechar a porta a outro relacionamento que merecia um SIM. Uma carreira sem alegria pode matar um talento brilhante, e assim por diante. Se você olhar ao redor, diversas vidas são vividas em infelicidade apenas porque não tiveram a coragem ou a orientação de dizer NÃO. Você deve a si mesmo dizer NÃO quando for preciso.

Até mesmo os três macacos do Mahatma tinham a ver com a prática do poder de dizer NÃO. Dizer NÃO pode trazer dor temporariamente, mas a felicidade de desentulhar sua vida será muito superior a qualquer dor."

O Lama ficou em silêncio depois do sermão a seu discípulo. Ele olhou para o pássaro, que parecia reconhecer o recebimento desse conhecimento divino. E depois do que pareceu uma reverência de agradecimento, o pássaro voou. *Talvez esse conhecimento o ajude na próxima vida.* O Lama sorriu.

Capítulo 5

AFASTE A MÁGOA

"Uma coisa boa da música é que, quando ela bate, você não sente dor."

— Bob Marley

O Bilionário era muito meticuloso com sua rotina da manhã. Acordava às 5h e, depois de um banho de água fria, sentava-se para ouvir afirmações positivas, que seu pai tinha gravado para ele cerca de 20 anos antes. Era um presente valiosíssimo. O Bilionário brincava com seus amigos dizendo que sua saúde era provavelmente seu pior investimento. Ele não praticava yoga nem qualquer outro exercício físico e ficava satisfeito com exercícios mentais. Ele costumava, segurando sua xícara de chai, visualizar mentalmente o dia à sua frente e o planejava. Ele acreditava fortemente no poder de visualizar objetivos e desafios.

Em casa, ele gostava de fazer trabalho comum, como jardinagem e preparar o café da manhã de seus filhos pela manhã; ele estava começando a entender que aquela provavelmente era sua meditação.

Nenhum e-mail ou rede social antes das 8h da manhã era outra regra que ele seguia. Ele estava orgulhoso porque, mesmo no frio do Tibete, conseguiu continuar tomando seus banhos de água fria. Ele provavelmente se gabaria disso na próxima vez que falasse sobre os benefícios de um banho de água fria com sua esposa.

Hoje, quando ele se sentou para checar o e-mail, seu rosto começou a arder muito. Um jornal no Cazaquistão tinha acabado de revelar a história da corrupção em lugares importantes e havia explicitamente citado o Bilionário por ter molhado a mão de pessoas para conseguir a licença da empresa de telecomunicação. O Bilionário ficou furioso. *Como eles podiam ter a audácia de colocar a carroça na frente dos bois?* Todo mundo sabia que o Bilionário tinha se recusado a entreter as autoridades, e por esse motivo o arquivo ainda precisava ser analisado. E agora ele estava sendo culpado por algo que não tinha feito. Aumentando seus problemas estava o fato de que seu negócio com os investidores de Singapura agora corria risco.

O sensacionalismo nas notícias para conseguir mais seguidores era prevalente, e o Bilionário tinha lutado contra esse inconveniente antes. Pedia retaliação no nível mais alto. O Bilionário não estava acostumado a ser mandado. Ele sabia como guardar mágoa e se vingar quando chegava a hora.

Após uma longa chamada com seus investidores em Singapura para acalmar os ânimos, o Bilionário chegou para o café da manhã. Apesar de ser mais tarde do que o normal, o Monge estava esperando por ele. Ambos se sentaram para tomar o café da manhã. O Monge sentiu que havia algo em ebulição dentro de seu parceiro.

"Tudo certo?" Apenas duas palavras ditas pelo Monge foram o suficiente para abrir as comportas das emoções no Bilionário. O Monge ficou surpreso com a força de seus sentimentos. Ele agora estava ouvindo uma explosão de emoções – diferentemente do dia anterior, quando ele foi a fonte e os funcionários do hotel o receptor. O carma não demorava a responder.

"Eu vou processá-los, de todos os jeitos possíveis. Eles não sabem com quem brincaram desta vez", disse o Bilionário. Em virtude do estado das questões emocionais, o Monge decidiu adiar a visita ao Mosteiro Songsten, que estava agendada para aquele dia. Uma pena, porque aquele era o último dia antes de o Lama entrar em silêncio. Ele havia concordado em passar um tempo com o Bilionário.

O Bilionário decidiu passar o resto do dia em videoconferências com sua equipe jurídica e sócios. A estratégia para contra-atacar estava armada, os custos e as consequências foram analisados, e as armas foram mobilizadas, mas, em seu coração, o Bilionário sabia que era inútil entrar em guerra por causa de uma mágoa. Diziam que feliz era quem se mantinha alheio a tudo, mas a sede do demônio do ego tinha que ser saciada.

Era noite quando tudo já estava empacotado. O Bilionário decidiu sair para caminhar em silêncio. Quando chegou ao pátio, ficou surpreso ao ver uma fogueira e um grupo de artistas locais cantando e tocando a música de sempre no violão. O Monge fez um sinal para que ele se aproximasse deles. A música sempre melhorava os ânimos. Quando ele se sentou perto do Monge, seus olhos encontraram uma jovem. Ela era bela, frágil e graciosa.

Apesar de o Bilionário não entender as palavras, ele gostou do entusiasmo do grupo enquanto eles cantavam e dançavam ao redor do fogo. Depois de um tempo, o microfone foi parar na mão da menina. Depois de hesitar um pouco, ela se levantou segurando o microfone. O feitiço mágico lançado depois disso era inexplicável. Apesar de o Bilionário não entender as palavras, a melancolia na voz dela era de partir o coração. A plateia ficou tomada de emoção. Provavelmente era o mesmo tipo de encanto que a lendária Lata Mangeshkar deve ter lançado quando abençoou os indianos cantando a clássica *Ae Mere Watan Ke Logo* pela primeira vez. A canção terminou, mas ninguém se mexeu. Provavelmente alguém teve que levá-los de volta à realidade. Aos poucos, as pessoas voltaram do mundo mágico. Mas uma coisa era certa: todo mundo que ouviu a canção naquela noite soube que tinha passado por algo divino. Algo mais do que uma canção.

"E então, sobre o que a garota cantou?", perguntou o Bilionário, depois de absorver a voz melancólica.

"Sobre desistir das mágoas", respondeu o Monge, que também estava sob o feitiço da música. "É uma história antiga do folclore a respeito de como um vilarejo idílico foi destruído por causa de um pequeno mal-entendido, como a guerra destruiu a cidade e deixou para trás um rastro de desespero e destruição. Tudo porque nós, humanos, gostamos de guardar mágoas. Podemos chamar do que quiser – ego, vingança, honra ou inveja –, deixando a nomenclatura de lado, tudo isso tem a ver com o desejo de vingar-se de alguém que pode ou não pode ter nos magoado, mas que, sem dúvida, achamos que o dano foi causado e, assim, alimentamos a necessidade de vingança.

As pessoas do vilarejo usaram recursos valiosos como tempo, dinheiro e, às vezes, até mesmo relacionamentos apenas para serem vistas como vencedoras. Mas em sua maioria acabaram sendo vistas apenas como fracassadas.

O problema com uma mágoa é que ela é uma faca de dois gumes", continuou o Monge, indo agora além da interpretação da música. "Tem o potencial de cortar dos dois lados e, às vezes, a ação derivada de uma mágoa prejudica mais a pessoa que a guarda do que a pessoa que é o alvo. Tragicamente, muitas mágoas são resultado de um mal-entendido, má comunicação e compreensão seletiva; na realidade, elas podem ser enterradas depressa."

O Bilionário ficou desconfortável ouvindo a história e o que o Monge disse. Ele havia acabado de passar o dia todo planejando uma vingança, e ali estava uma história de vingança que saiu pela culatra para todos os envolvidos. Será que a oportunidade da música serviu para um esforço calculado do Monge para passar uma mensagem ou será que uma força maior havia reservado a noite para que ele aprendesse como não tem sentido guardar mágoas?

"Então, o que uma pessoa deve fazer se ela se sente injustiçada?", perguntou o Bilionário com sinceridade na voz.

O Monge olhou para as brasas que ainda brilhavam e perdiam a batalha contra a brisa fria. Ele pensou em como o dia quente havia se tornado uma noite fria. O Tibete era provavelmente uma das poucas maravilhas geográficas onde, em um único dia, era possível sentir os extremos de temperatura de 35°C e -17°C, tudo em 24 horas.

Depois de pensar no assunto, o Monge disse com autoridade:

"Aprenda a perdoar e esquecer. Sacrificar a felicidade do presente para trazer uma parte do passado ao futuro não vale a pena. A vida é curta demais para guardar mágoas. Os jornais estão cheios de histórias trágicas de pessoas e famílias destruindo suas vidas e vivendo para se vingar por causa de uma mágoa. É preciso se lembrar que perdoar não é uma fraqueza.

Mas, ao mesmo tempo, é preciso ser corajoso o suficiente para esclarecer e procurar explicação para as atitudes ruins de outra pessoa. Não acredite em fofoca; fale o que pensa à pessoa. Você ficará surpreso ao ver como o diálogo pode resolver os dilemas mais desafiadores. Não permita, incentive nem faça fofoca. Sua vida é valiosa demais para ser uma caixa de mágoas.

Além disso, é preciso aprender a se desculpar. Nunca aconteceu algo de mal por alguém estar errado e reconhecer. Não é vergonhoso se desculpar se as coisas puderem ser acertadas desse modo. O diálogo e a conversa são bem mais eficazes e eficientes do que o litígio. O dinheiro, o tempo e a ansiedade gastos no litígio apagam quaisquer ganhos que possam ocorrer.

E, por fim, desenvolva o senso de humor. Às vezes, ignorar ou rir dos comentários ruins das pessoas pode evitar muito estresse. A verdade é que muitas pessoas não querem dizer o que dizem, ou talvez apenas dizem por estarem afetadas por algo e não querem causar mal. Se você começar a levar a sério tudo que as pessoas dizem, será difícil viver. Aprenda a ignorar."

O Monge tinha umas cartas na manga sobre questões mundanas! O Bilionário brincou fingindo que tirava o chapéu para reconhecer a profundidade da sabedoria do Monge. Os tribunais do Cazaquistão ficariam bem com um processo de litígio a menos.

Capítulo 6

CORPO SAUDÁVEL, CORPO FELIZ

"Eu ouvi uma definição, certa vez: a felicidade é a saúde e uma memória curta! Gostaria de ter inventado isso porque é muito verdadeiro."

— Audrey Hepburn

Já tinham se passado 15 dias em Shangri-La, e o Bilionário tinha se adaptado bem. Como havia Wi-Fi e uma mesa de trabalho em sua suíte, ele conseguiu comandar seu império do conforto de seu quarto. O corpo também tinha começado a reagir de modo positivo ao ar puro, à comida simples e às caminhadas longas e regulares. *Meu corpo estava começando a envelhecer ao contrário,* pensou o Bilionário.

Por ser uma noite de terça-feira, o hotel estava silencioso. Menos hóspedes e a folga dos funcionários resultaram em uma área de recepção vazia. O Bilionário e o Monge se sentaram ali para passar o tempo, como dois universitários conversando sobre nada. Parecia a juventude tranquila deles.

"Olha, você está bem mais em forma agora, parceiro", comentou o Monge.

"Eu sei! Hoje de manhã mesmo eu notei minha barriga menor. Minha dor nas costas também está melhor agora. Espero poder voltar a andar de bicicleta, como fazia na época da faculdade, quando voltar para casa", disse o Bilionário de modo brincalhão.

"Você sabe que damos muita atenção à saúde em nossa vida de monge", uma voz suave disse, unindo-se à conversa. O Lama havia se aproximado para ver seus alunos, que estavam realizando as aulas de pintura thangka para os hóspedes na propriedade, e tinha notado os parceiros relaxando, então decidiu se unir a eles.

Às vezes, há energia divina em não fazer nada.

"Nós, budistas, consideramos este corpo um empréstimo, e é nossa responsabilidade mantê-lo saudável para a alma poder morar dentro dele. Não restam dúvidas de que um corpo saudável pode ser um ingrediente essencial no coquetel de felicidade da vida", o Lama disse delicadamente ao sentar-se na cadeira vazia ao lado da lareira.

"Você vai se lembrar, em um dia em que seu corpo estiver mal, quando seu ânimo estiver baixo e o coração deprimido. Essa simples experiência é suficiente para reconhecer que não estar saudável torna difícil estar feliz. É necessário, assim, reconhecer e valorizar um corpo saudável para seu quociente de felicidade e tratar o corpo do jeito certo."

O Grande Lama estava sendo coerente. Um corpo saudável deixa a pessoa feliz.

"Acreditamos que o corpo saudável é resultado de três aspectos básicos: nutrição, exercício e descanso. Todos os três elementos desempenham um papel essencial em manter e melhorar sua saúde. Nenhum componente por si só é suficiente, e os três aspectos devem ser equilibrados para um corpo saudável e feliz.

Você deve ter ouvido falar do nutricionista americano Victor Lindlahr que, nos anos 1920, deu ao mundo ocidental a frase 'Você é o que come'. Significa que a comida que você come define seu bem-estar físico e mental. Nós, no Tibete, temos praticado isso há muito tempo.

Essa frase é mais relevante nesta era porque estamos cercados por escolhas de alimentos que provavelmente nunca antes estiveram disponíveis para a raça humana. Pela primeira vez na história humana nossa civilização come pelo prazer de fazer uma refeição e não pelas necessidades do corpo. Diferentemente de nossos ancestrais que provavelmente caçavam para almoçar, apenas abrimos uma embalagem e pronto, o almoço está servido!

No entanto, comer não é a mesma coisa que alimentar o corpo. O corpo humano tem suas necessidades bem definidas que são necessárias para uma vida saudável. Privar o corpo da nutrição pode ter efeitos colaterais sérios. Quando você começa a comer bem, vai ver que isso se manifesta de forma positiva tanto em sua felicidade emocional como em seu bem-estar físico.

O segundo aspecto de um corpo saudável é o exercício físico. Hoje em dia, as pessoas levam um estilo de vida sedentário. O acesso fácil a máquinas e equipamentos tem reduzido grande parte da carga física de nosso dia a dia. Até mesmo os monges começaram a dirigir SUVs!" O Lama olhou de novo para o Monge com um sorriso brincalhão. "Apesar de isso ter permitido e melhorado nossa capacidade de fazer o trabalho mental, o corpo ainda precisa de atividade física. Diversos estudos científicos têm mostrado que existe uma forte correlação entre exercício físico e felicidade. Está cientificamente provado que o exercício aumenta as endorfinas e outras substâncias do cérebro que causam bem-estar. Também reduz os níveis do hormônio do estresse, chamado cortisol.

Até mesmo pequenas quantidades de exercício físico podem ter efeitos curativos significativos na doença mental, como depressão, ansiedade, estresse e outros problemas emocionais – até mesmo 10 a 15 minutos de exercício estruturado, como yoga ou uma caminhada longa são um bom começo.

Por fim, um bom sono é importante para o corpo. Nossos maiores professores costumam dizer 'O sono é a melhor meditação'." O Lama fechou os olhos em reverência, pensando em Sua Santidade. Como usar o nome do Dalai Lama podia causar problema, o Lama não disse quem era o dono das palavras de ouro, mas todo mundo sabia do amor do Dalai Lama por dormir.

"Nosso sono tem um efeito direto em nossa saúde física e mental. O descanso é uma parte essencial de definir nosso bem-estar físico e psicológico. É o modo que a natureza tem de reparar nossa estrutura física. O sono insuficiente tem ligação com diversas doenças de estilo de vida, como diabetes, obesidade, doenças cardíacas, imunidade reduzida e expectativa de vida menor. A falta de sono rapidamente tem se tornado uma crise silenciosa de saúde pública. A ideia de ignorar o sono para ir atrás das coisas com que sonhamos está ficando perigosa."

A precisão científica com a qual o Lama falava teria sido aceita em qualquer conferência médica.

"Alguma dica para um sono bom, Guruji", perguntou o Bilionário.

"A menos que você tenha chegado ao estágio que exige intervenção médica, e nesse caso você deveria consultar um médico, os truques para um bom sono são bem simples. Tenho certeza de que seu parceiro sabe muito sobre eles. Ele provavelmente é um PhD no assunto", brincou o Lama. O Monge sorriu. "Aqueles que pratico são bem simples:

- Ter uma programação regular de dormir-acordar.

- Dormir quando você estiver exausto, para evitar ficar se revirando na cama.

- Antes da hora de dormir, fazer exercícios de **mindfulness**, como tricotar, pintar ou ler.

- Evitar alimentos prejudiciais e bebidas que contenham cafeína, álcool, bem como evitar a nicotina.

- Tornar seu quarto um local confortável para dormir.

- Evitar pensar em questões que despertem sua ansiedade.

- Evitar olhar para a tela de seu telefone antes de dormir.

De modo geral, a ideia é ajudar seu corpo a relaxar e a manter o relógio do corpo, de modo a facilitar o sono."

Depois de uma breve pausa, o Lama levantou de onde estava, mexeu na lenha da fogueira e, olhando para o Bilionário, concluiu a discussão com um comentário que despertou algo no Bilionário.

"Por fim, lembre-se sempre que ninguém pode adotar sua dor corporal e doença. O avanço da medicina e o dinheiro só podem aliviar sua doença e dor; podem prolongar sua vida, mas a agonia da doença e sua infelicidade são suas. A família e os amigos podem ser solidários, oferecer apoio moral e emocional, mas nenhum deles pode substituir seu corpo pelo corpo saudável deles. Lutar contra uma doença é sempre uma batalha solitária e infeliz."

Apesar de as palavras terem sido ditas no tom suave de sempre do Lama, o silêncio da área da recepção fez com que elas ficassem altas o suficiente para que até mesmo a moça da recepção as ouvisse e entendesse. Outra pessoa inesperadamente havia se beneficiado da sabedoria do Lama.

A partir daquele dia, o Bilionário acrescentou 30 minutos de exercícios físicos a sua rotina da manhã e prometeu seguir os rituais de sono.

Capítulo 7

COMPRAR FELICIDADE

"Quando eu era jovem, achava que o dinheiro era a coisa mais importante da vida; agora que sou velho, sei que é."

— Oscar Wilde

Havia uma agitação incomum na recepção à tarde. Um grupo de alunos do curso de administração de Xangai havia acabado de chegar. O Monge era um membro ativo da indústria local e muito ativo na promoção das habilidades de empreendedorismo entre a população local. De apicultura a marketing de chás, ele costumava percorrer o país, dando palestras sobre os efeitos positivos de empreendimentos sociais nas vidas de populações de vilarejos. Assim, todo ano, quatro a cinco grupos de escolas de administração chinesas de prestígio chegavam a Shangri-La para experimentar, em primeira mão, o trabalho de empreendimentos sociais importantes. Aquele era um dos grupos.

O Monge animadamente se aproximou do Bilionário para contar uma ideia.

"Por que você não faz uma palestra sobre dinheiro hoje? Os alunos compreendem inglês, e tenho certeza de que eles ficarão animados ao conhecer e ouvir um bilionário falar."

A ideia chamou a atenção do Bilionário; interações com pessoas de outras culturas sempre traziam uma nova perspectiva a seu aprendizado, e sua mente começou a se preparar para a noite. A questão era como deixar a palestra interessante para os alunos. Então, o Bilionário deu à sessão o nome de "Sim, você pode comprar a felicidade", sabendo que a visão diferente chamaria a atenção do jovem público.

A reunião informal no salão começou com o Monge apresentando o Bilionário e suas conquistas. Uma salva de palmas foi dada para receber o Bilionário enquanto ele pegava o microfone.

"*Tashi Delek*, pessoal. Dou as boas-vindas a vocês ao nosso hotel e espero que tenham uma ótima estadia", o Bilionário começou.

"Todo mundo aqui já ouviu que 'dinheiro não compra felicidade'. E se eu disser que isso é mentira? E se eu disser que o dinheiro está entre os elementos essenciais da felicidade? Pode ser o contrário do que vocês aprenderam, mas é a verdade."

A plateia ouvia atentamente.

"Deixe-me explicar. O dinheiro e a felicidade são conceitos muito maiores e amplos do que a maioria das pessoas entende. A felicidade não é indulgência. E o dinheiro não é apenas ter recursos."

O Bilionário fez uma pausa para que a plateia pudesse entender o que ele havia acabado de dizer.

"É importante distinguir entre dinheiro como um conceito e a busca desenfreada por dinheiro como uma ação. Esta certamente não é desejável, mas a primeira é essencial. O dinheiro é parte integral de nosso quociente de felicidade. É um de muitos outros componentes que fazem uma pessoa feliz. É um bem importante de se ter. Mas é o único componente? NÃO."

Sons de aprovação começaram a ser ouvidos vindos da plateia.

"Na verdade, o dinheiro como um conceito é formado por quatro dimensões. Quando você aprende a respeito dessas quatro dimensões, nota que o dinheiro é um conceito muito maior do que aquele normalmente compreendido, e o elo entre felicidade e dinheiro é inevitável.

Quando comecei minha carreira, eu acreditava que existiam duas dimensões de dinheiro – *ganho e consumo*. Assim, eu nunca conseguia encontrar felicidade nas quantias grandes ou pequenas que eu tinha. Mas conforme meus cabelos foram ficando grisalhos, comecei a aprender a respeito das outras duas dimensões do dinheiro. E, desde então, comecei a equilibrar as quatro dimensões, e a vida tem sido cheia de felicidade comprada pelo dinheiro!

Hoje, vou compartilhar esses dois aspectos ignorados com vocês."

A animação na plateia era clara. A ideia de inesperadamente receber segredos relacionados a dinheiro de um bilionário deixou todos interessados.

O Bilionário continuou, depois de tomar um gole de água:

"As quatro dimensões do dinheiro são:
- renda
- economia
- investimento
- consumo

Renda, salário, dividendo, lucro, juros, taxa ou compensação se referem à mesma coisa. É a recompensa de nossos esforços paga em dinheiro ou espécie.

É o elemento mais visível e instantâneo do dinheiro que todos compreendemos.

Trabalhamos, ganhamos. Equação simples.

No entanto, a renda por si só não é dinheiro. A renda é apenas um dos quatro pilares do dinheiro. No momento em que começamos a equalizar renda com dinheiro, perdemos o rumo. É por isso que ouvimos diversas pessoas reclamando que, por mais que ganhem, não conseguem ser felizes. A verdade é que elas não têm compreensão de que a renda não é dinheiro. Podem estar gerando fluxo de caixa, mas não estão ganhando dinheiro. A renda é o que você ganha. É uma das dimensões do dinheiro, e o dinheiro em si é apenas um componente da felicidade. Como é possível esperar ter felicidade quando se tem apenas uma renda?

Esse conhecimento é o primeiro fator de diferenciação entre a felicidade e a tristeza que vem do dinheiro.

Agora, passemos à segunda dimensão do dinheiro, o consumo. É um uso bem praticado da renda. Alguns de nós vivemos para isso; outros morrem disso!". Risadas foram ouvidas no salão.

"A maioria de nós analisa o consumo da renda como fonte de felicidade vinda do dinheiro. Se podemos comprar o que queremos, acreditamos que seremos felizes. No entanto, quando o consumo da renda deixa de nos fazer felizes, rapidamente dizemos que o dinheiro não pode comprar a felicidade. Essa é a segunda vez em que cometemos o mesmo erro, ou seja, usamos uma dimensão para definir a felicidade." A plateia estava começando a entender o processo de pensamento e assentiu concordando.

"Ironicamente, apesar de a renda e o consumo sozinhos não aumentarem muito nossa felicidade de modo geral, a busca desenfreada por renda e o consumo descuidado podem se tornar os principais motivos de infelicidade. Assim, eles podem dar menos felicidade, mas, se abusarmos deles, eles tiram a felicidade de modo desproporcional. Sim, é uma relação estranha, e você deve fazer uma pausa e compreender e analisar a relação."

A plateia ficou em silêncio. Provavelmente estavam assimilando as grandes ideias. O Monge ficou sentado no canto, sorrindo. Ele sabia que o que os alunos estavam aprendendo ali naqueles poucos minutos era mais do que aprenderiam nos dois anos inteiros de curso.

"Agora, vamos falar sobre as duas dimensões secretas, mas essenciais do dinheiro, e de como elas moldam sua felicidade. Essas duas dimensões são a fonte real de felicidade vinda do dinheiro, por isso, ouçam com atenção", disse o Bilionário, que agora tinha se tornado um magnata dos negócios, como era, e exigia, e recebia, atenção total da plateia.

"Os jovens acham que as economias são para os idosos. Os idosos se arrependem de não ter pensado nisso em sua juventude! Como as economias são um uso voluntário do dinheiro, diversas pessoas escolhem ignorá-la. As economias são a terceira dimensão do dinheiro. A maioria de nós não consegue ver a utilidade das economias, até chegarmos ao estágio em que precisamos de economias. Então, é aquela dimensão do dinheiro que só vemos quando precisamos. E como dizem, *se você não se planejou para isso em um dia de sol, não vai conseguir em um dia de chuva.*

Todos devem ter um plano e grande disciplina para economizar dinheiro. É preciso lembrar que as economias são diferentes de investimentos, algo que abordaremos mais tarde. É, portanto, sempre bom conferir suas economias de acordo com os seguintes parâmetros.

1. Liquidez — As economias devem ser altamente líquidas, isto é, você deve ser capaz

de ter o dinheiro em mãos depressa e com o menor custo.

2. Acessibilidade – As economias devem ser acessíveis em todas as localizações geográficas e em todos os momentos.

3. Sem risco – As economias devem ser livres de riscos e não sujeitas a nenhum termo e condição de mercado.

Apenas quando suas economias satisfizerem todas as condições acima, você pode chamá-las de economias e ficar relaxado e feliz."

O Bilionário ficou surpreso ao ver que o Grande Lama também estava na plateia. Ele sorriu ao Grande Lama, reconhecendo sua presença.

"Por fim, o componente glamoroso do dinheiro, com o qual as lendas são feitas – investimentos."

O Bilionário tinha ganhado seu dinheiro com investimentos que tinham sido mundialmente essenciais para mudar situações. Desde disruptores de alta tecnologia a escolhas de valor tradicionais, sua fama como investidor era surpreendente. Dizia-se na comunidade dos negócios que sua habilidade como indivíduo de gerar lucros era do nível da capacidade de algumas das equipes de investimento mais excepcionais do mundo.

"De modo simples, o investimento está fazendo seu dinheiro trabalhar tanto quanto você", continuou o Bilionário.

"Nas finanças, o conceito do valor do dinheiro explica que com o tempo o dinheiro perde seu valor em decorrência da inflação. Em termos simples, 100 dólares por dia valem menos do que 100 dólares vinte anos atrás. É por isso que, quando você se reúne com os idosos de sua família, eles falam com carinho de como podiam comprar muita coisa em sua época pelo preço que pagam em um pacote de biscoito hoje. Histórias exageradas, mas a ideia é a mesma. Com o tempo, o dinheiro perde seu valor. É, portanto, importante que você faça seu dinheiro trabalhar e crescer para que ele mantenha o ritmo com a erosão de valor.

Vou tentar dar a vocês algumas regras sobre investimentos. Compreendam os conceitos por trás delas e usem-nas no mundo real. Pode ser que queiram anotá-las."

Algumas pessoas procuraram papel e caneta; outras simplesmente começaram a gravar o que dizia o

Bilionário com seus telefones. *Geração Z*, pensou o Bilionário.

"Regra número 1: Risco-Recompensa: esta é a regra de ouro de todos os investimentos. Quanto mais alto o risco, mais alto o retorno. Toda opção de investimento oferece um retorno condizente com seu perfil de risco. Se alguém disser que o investimento é tão seguro quanto um depósito bancário, mas oferece um retorno mais alto, é mentira. Quanto maior o risco, maior a possibilidade de perda de capital (dinheiro investido). Compreenda seu perfil de risco com base em sua idade, exigências pessoais, exigências familiares e fluxo de renda. A maioria das pessoas costuma se comportar como Mel Gibson em *Coração Valente* e superestimam sua capacidade de risco. Seja sincero a respeito de seu perfil de risco e evite qualquer investimento que não combine com seu perfil de risco. A diversificação em classes de bens ajuda a espalhar o risco. No entanto, risco mais baixo significa retorno mais baixo.

Regra número 2: Retorno de Capital (dinheiro investido) é mais importante do que Retorno sobre Capital (renda).

Regra número 3: Não imite os investimentos de outras pessoas só porque parecem estar melhores do que os seus. Lembre-se, todo mundo tem um perfil de risco diferente e objetivos financeiros. Investir é um processo de longo prazo. Compor riqueza é o objetivo principal do investimento, e só pode ser conquistada por uma pessoa disciplinada, sistemática e persistente, ao longo do tempo.

Regra número 4: Se você não sabe, sempre deixe seu dinheiro nas mãos de especialistas que se provaram em diversos ciclos de mercado e situações diferentes. E lembre-se, não existe nada de graça. Quem tenta vender a ideia de um investimento gratuito está escondendo algo. Esteja alerta a todos os investimentos com segundas intenções.

Regra número 5: Nunca faça empréstimo para um bem não produtivo ou que se desvaloriza.

Regra número 6: Sempre se lembre, ao começar sua vida econômica, que não é o custo de vida que é caro, mas sim o custo do estilo de vida. Uma boa regra é alocar o mínimo para o consumo e o máximo para os investimentos. Além disso, as economias devem ser suficientes para seis meses de gastos em qualquer momento. Construa um *corpus* de economias antes de investir.

Regra número 7: Aprenda a controlar a tentação de consumir. O minimalismo é uma fonte secreta de criação de riqueza.

E, por fim, minha preferida, que eu sempre compartilho com as pessoas casadas ou que estão prestes a se casar: joia não é um investimento, é consumo." O Bilionário terminou a palestra fazendo uma reverência.

A plateia estava de pé, aplaudindo e gritando. Eles perceberam a importância daquela noite e cercaram o Bilionário em uma maratona de selfies.

Na manhã seguinte, presa à porta do quarto do Bilionário no hotel, havia um recado:

Acho que depois de entender o dinheiro como você explicou, concordo que o dinheiro pode comprar felicidade se você souber onde comprar! A verdade é que agora eu sei que ter dinheiro pode ou não trazer felicidade, mas não ter dinheiro certamente não trará felicidade.

Você nos mostrou que vivemos em um mundo em que o dinheiro é uma ferramenta essencial para moldar nossa felicidade. O essencial a se lembrar é que ele não é a única ferramenta.

Obrigado

Grande Lama

Capítulo 8

A VOLTA PARA CASA: A HISTÓRIA DO MONGE

"Nas relações humanas, a gentileza e as mentiras valem mil verdades."

— Graham Greene

No ano 1993, um grupo de refugiados tibetanos vivendo em McLeodgunj, na Índia, decidiu voltar a sua terra natal. Eles não tinham nada contra o Governo da Índia e tratavam a Sua Santidade, o Dalai Lama, com o respeito dirigido a um deus, mas simplesmente estavam cansados de viver uma vida sem estado. Com as bênçãos de Sua Santidade o Dalai Lama, eles escolheram assumir o controle de suas vidas, e decidiram que estava na hora de voltar e reconstruir sua vida na terra de seus ancestrais. O clã dos guerreiros Khampa, ao qual o Monge pertencia, tinha chegado com Sua Santidade como seu exército oficial em 1959. Ele tinha um passado glorioso, mas agora só restavam lembranças.

O Monge, que tinha um futuro brilhante na hierarquia monástica em McLeodgunj, despediu-se de seu professor e deixou a vida de monge. Em seu coração, ele sabia que nunca deveria ter se tornado monge. Aquela era sua oportunidade. Ele se uniu ao seu *Pala* (pai) quando os guerreiros Khampa se retiraram para começar a vida na terra antiga, o Tibete.

Surpreendentemente, o Governo da China os recebeu de braços abertos. Eles receberam terras e empregos no governo. Para o Governo da China, eles eram cidadãos que tinham voltado para casa. No entanto, a viagem de volta a seus vilarejos foi repleta de desafios mentais e físicos, e isso teve seu peso na caravana. Eles tinham decidido seguir pela rota antiga do comércio do chá, que começava onde hoje é Myanmar, continuava via Calcutá e chegava ao Tibete, terminando em Pu'er na província Yunnan, onde hoje fica a China. A antiga rota do chá foi uma prova do espírito forte e empreendedor das pessoas do Tibete e era cheia de histórias e folclore.

Durante a viagem de 53 dias ao vilarejo de Gyalthang (Zhongdian, em tibetano), o Monge, ainda com vinte e poucos anos, e seu Pala estreitavam seu laço de pai e filho pela primeira vez. Como o Monge tinha sido aceito em um mosteiro aos quatro anos, ele quase não conhecia seu pai. Aquela viagem tediosa era seu tempo de conforto com seu Pala. Eles falavam sobre o passado, planejavam o futuro, demonstravam suas forças e expunham seus medos. Eles compartilhavam histórias e compreensões da vida. Aqueles eram belos dias em uma situação feia, e pai e filho aproveitaram a companhia um do ouro. Provavelmente, foi a maneira de Deus de compensar o fato de que o Pala partiria para sua morada divina no 17º dia depois do retorno ao lar ancestral.

O Monge, que tinha perdido a mãe no parto, de repente se viu órfão em uma terra que era a dele, mas na qual se sentia um desconhecido. Acabar de voltar à vida mundana tinha seus desafios.

As palavras do Buda tinham que ser seu guia agora: "Não acredite em nada porque um homem sábio disse. Não acredite em nada que seja aceito de modo geral. Não acredite em nada porque está escrito. Não acredite em nada por ser dito como divino. Acredite apenas no que você julga ser verdadeiro".

Um ponto forte que o Monge desenvolveu ao moldar sua vida era a capacidade de construir relações e mantê-las. Ele tinha uma facilidade natural para resolver problemas de relações. Ouvir, compreender, negociar e enfatizar era natural para ele. Sua habilidade de fazer as perguntas certas, comunicar suas necessidades e seu senso de humor sempre abriam caminhos para ele.

O Monge notou que as relações eram a base da felicidade na vida. Como os humanos são animais sociais, seguimos em um círculo de relações, algumas que herdamos e outras que criamos. O modo como lidamos com os relacionamentos tem um peso direto em nosso quociente de felicidade. As relações rompidas podem ser um peso grande em nossa felicidade. As relações amarguradas estão entre as maiores razões para a infelicidade em nossa vida.

Ele também notou que as relações são complexas, pois são o resultado de duas mentes e corações tentando interagir uns com os outros. A linguagem corporal, a comunicação verbal, a comunicação digital, as limitações geográficas, ações, não ações, eventos externos, situações físicas, e muito mais elementos controláveis e não controláveis influenciam e definem qualquer relacionamento. No entanto, depois de anos de prática, ele tinha compreendido um truque que tinha o poder de fazer de todas as relações uma fonte eterna de felicidade na vida.

Este era o segredo que o Monge tinha descoberto: o modo mais fácil de lidar com uma relação é se colocar no lugar da outra pessoa.

O Monge percebeu que, com esse pequeno esforço criativo, relações se tornaram muito mais felizes e satisfatórias. Seja no seu relacionamento com seu cônjuge, ou com seus pais, ou seus filhos, ou com seus colegas de trabalho, simplesmente por analisar a situação do ponto de vista de outra pessoa e compreender sua perspectiva é possível dominar a arte dos relacionamentos felizes.

A maioria de nós é prepotente e deixa de dar valor ao ponto de vista de outras pessoas. Mas ao fazer isso, às vezes, descartamos as pessoas mais valiosas de nossa vida e alcançamos a infelicidade – outra tragédia humana.

Em um mundo que estava ruindo por causa de relações fracassadas, o Monge havia encontrado seu nicho. Rapidamente começou a aplicar esse conhecimento e ganhou fama de excelente negociador. Seu sucesso ao resolver conflitos pequenos e grandes, negociar soluções boas para todos e seu charme chegaram ao conhecimento das autoridades do governo. O governo logo aproveitou a oportunidade de se projetar como o rosto de um Tibete progressivo. Isso abriu novas portas ao Monge, e ele foi indicado a diversos fóruns e comitês para representar o Tibete. Foram essas mudanças dos fatos que levaram o Monge a se unir a essa delegação de comércio enviada a Kathmandu para promover o turismo potencial da cidade de Shangri-La. Foi onde ele conheceu o Bilionário e uma vida nova como parceiro de um bilionário começou.

* * *

O monge estava olhando para sua mandala de meditação. Mas seus pensamentos estavam focados nos acontecimentos das últimas semanas. *Fascinantes últimas semanas. Quando você sente que viu tudo e aprendeu tudo, o Divino envia a você um novo currículo. Mas novo. As novas perspectivas sobre a felicidade que o Guruji e o Bilionário compartilharam nas últimas semanas aumentaram significativamente meu baú de conhecimento sobre a felicidade.*

Lembrando de seu compromisso em compartilhar sua lista de "Truques para a Felicidade" com o Bilionário, o Monge logo pegou seu diário e começou a fazer as anotações em um pedaço de papel. O Monge adorava os americanos por seu dicionário de gírias.

Capítulo 9

ESCOLHER O CAMINHO: A HISTÓRIA DO BILIONÁRIO

"Dois caminhos divergiram em uma mata e eu... eu peguei aquele menos percorrido, e isso tem feito toda a diferença."

– Robert Frost

O pai do Bilionário era um industrialista. Chamado carinhosamente de Seth Babu por todos, ele era um homem descomplicado. Trabalho árduo, tempo com a família e serviço a Deus eram suas prioridades na vida. Eles viviam uma vida muito confortável em uma mansão, tinham uma frota de carros, e um batalhão de servos com uniformes impecáveis. Aquela era a Índia de uma era socialista com o raj, mas Seth Babu sabia expandir seus interesses comerciais. Seth Babu era um homem de boas conexões e sempre conseguia fazer a coisa certa. No ano de 1988, quando o Bilionário decidiu sair da faculdade apenas 15 dias depois de entrar, seu pai não ficou bravo. Apenas perguntou ao Bilionário qual era seu plano, meio esperando que o Bilionário dissesse que viveria com sua herança. Seth Babu ficou agradavelmente surpreso quando o Bilionário disse a ele que queria ir a Bombaim para começar a trabalhar na bolsa de valores. O Bilionário também fez com que seu pai prometesse que Seth Babu não tomaria nenhuma atitude para influenciar na carreira do Bilionário. Seth Babu ficou feliz. Um "homem feito" era o maior título que um homem poderia ter na vida. Seu filho havia escolhido seu caminho.

Na noite antes da partida para Bombaim, Seth Babu chamou o Bilionário a seu escritório e deu a ele o único conselho que o Bilionário tinha recebido.

"Um dos aspectos mais desafiadores da vida é aprender a alinhar os objetivos de carreira com a felicidade. Sacrificar a felicidade por uma melhora na carreira não está certo. Ao mesmo tempo, ser feliz sem uma carreira digna é inaceitável", disse Seth Babu com um tom neutro. Demonstrar emoções no escritório era algo que Seth Babu não fazia.

"No momento em que você perceber que o trabalho é mais do que apenas uma fonte de renda, sua perspectiva em relação ao trabalho e à vida mudará. Por mais banal que possa parecer, a maioria de nós assume uma carreira ou porque nossos pais querem que façamos isso ou porque achamos que podemos levar uma vida financeira confortável. Felizmente, você decidiu evitar essa armadilha. Quando percebemos que podemos ter escolhido a vida errada, ou estamos afogados em prestações ou simplesmente com muito medo de mudar na vida. Assim, mantemos o *status quo* e seguimos, sempre planejando uma saída, mas nunca pressionando o botão de evacuação. Isso não termina bem, e caímos com o avião, por assim dizer!"

Seth Babu adorava usar metáforas com a aviação. Mesmo com aquela idade e condição social, Seth Babu ativamente mantinha seu hobby de aeromodelismo. Na verdade, em todas as entrevistas de emprego que ele fez, a pergunta mais importante sempre tinha a ver com o passatempo do candidato. Seth Babu achava que, se um homem não tinha um passatempo, ele tinha uma falha de caráter!

"A verdade é que existem pessoas bem-sucedidas e ricas com todas as histórias de vida. Indivíduos que têm confiança e capacidade de aceitar a felicidade encontraram dinheiro e fama nas carreiras mais socialmente diferentes. Poetas, escritores, pintores, arquitetos, atores e atletas têm as mesmas oportunidades de ganhar dinheiro e fama como qualquer outra carreira convencional. O mais importante é ser o melhor em sua área de atuação. O mundo não valoriza a mediocridade em nenhum campo, mas recompensa a meritocracia em todos eles", continuou Seth Babu.

"As pessoas que decidem trabalhar pelo que amam e persistem até chegarem ao máximo da excelência em sua disciplina sempre deixam uma marca na sociedade e em sua era. O dinheiro é um subproduto; a felicidade da excelência é seu verdadeiro objetivo. Lembre-se, filho, agora que você escolheu ser investidor, seja o melhor." As últimas palavras ainda martelam nos ouvidos do Bilionário quando ele está fechando um acordo de investimento.

Em Bombaim, o Bilionário abraçou o mundo de Dalal Street como um peixe se mete na água. Começar como um corretor para uma corretora pársi até se tornar o Touro e Negociador da bolsa de valores indiana em 32 anos daria um livro. Durante todo esse período, o Bilionário nunca se esqueceu da noite no escritório de Seth Babu. A partir dali, "Seth Babu Incorporated" e o Bilionário fizeram dinheiro trabalhando juntos. A intuição de Seth Babu e a tenacidade do Bilionário formavam uma dupla ótima na arena do mundo corporativo.

***

Amanhã, a essa hora, ele estaria de volta a seu mundo, mas as lições aprendidas em Shangri-La nos últimos 20 dias moldariam sua felicidade para o resto de sua vida. Ele pensou: *Não foi Lenin quem disse: "Existem décadas em que nada acontece, e há semanas em que décadas acontecem"?*

O Bilionário também sentia que era essencial que seus filhos, e os filhos deles em sua época, herdassem esse conhecimento sobre a felicidade, assim como ele herdara as lições sobre a vida de seu pai.

Com esse pensamento, o Bilionário começou a fazer suas anotações, como ele e o Monge tinham concordado em fazer no primeiro dia.

Capítulo 10

DESPEDIDA

"A amizade é sempre uma doce responsabilidade, nunca uma oportunidade."

— Khalil Gibran

O Monge idolatrava Mithun Chakravorty, Bappi Da e Bollywod. Foi na Índia dos anos 1980 que sua juventude tinha tomado forma, e como todas as histórias de amor de adolescências, seu amor por Bollywood sempre foi algo que se manteve. *I am a Disco Dancer* era a música que sempre tocava no carro dele; era a primeira canção em todas as suas playlists.

Enquanto eles se dirigiam ao aeroporto, o Bilionário e o Monge discutiam os aspectos comerciais finais e prospectos do hotel. O Bilionário aprovou a qualidade e os padrões de gerenciamento de negócios no hotel e até sugeriu fazer outra propriedade em Lhasa. O Monge prometeu que estudaria oportunidades e as compartilharia com a equipe.

Os dois sabiam que, assim que entrasse no avião, o Bilionário se perderia em seu trabalho, e pensar em um pequeno projeto no Tibete seria a última de suas prioridades. Mas ambos seguiram.

Só quando eles entraram na estrada que leva ao terminal do aeroporto, a última etapa da viagem, os dois ficaram em silêncio. *Zihal-e-Miskin Mukun ba-Ranjish* do filme *Ghulami* tocava ao fundo. O Bilionário nunca tinha entendido o sentido das palavras em Urdo da canção. Ainda assim, como naquela noite no hotel, a melancolia da voz de Lata Mangeshkar nessa canção sempre o cativava.

O Monge entendia a canção. Certa vez, ele praticamente implorou para um *maulvi* explicar para ele o sentido daquelas palavras pelo poeta medieval Ameer Khusrau, adaptadas brilhantemente por Gulzar;

"Zihaal-e-
-Miskeen Mukon
Ba-Ranjish,
Bahaal-e-Hijra
Bechara Dil Hai"

"Não olhe para nenhum
pobre coração com inimizade,
ele ainda está marcado pelas
feridas da separação."

Eles perceberam que, mesmo para sua vida madura e adulta, as últimas semanas tinham sido extraordinárias e nunca mais na vida eles conseguiriam reviver aqueles dias de introspecção e autodescoberta.

Enquanto a bagagem estava sendo retirada do porta-malas do carro, o Monge pegou uma folha bem dobrada de papel e a entregou ao Bilionário. O Bilionário sorriu e deu a ele um pedaço de papel parecido. O Monge não esperava que o Bilionário se desse ao trabalho de escrever as lições, mas a humildade do homem era o que o definia.

Uma lágrima rolou para dizer obrigado.

Era hora de dizer adeus, parceiro!

Epílogo

"Isso também vai passar."

— antigo ditado persa

Você está feliz? – a pergunta que deu início à busca.

Tanto o Bilionário quanto o Monge viam a felicidade como um objeto isolado. Um tinha dinheiro, o outro tinha conhecimento, mas, infelizmente, a felicidade enganou os dois. No entanto, quando eles começaram a aprender um com o outro e seus ambientes, descobriram que o segredo para a felicidade estava na compreensão e na percepção de que a felicidade é conquistada, não adquirida.

Ambos descobriram que a felicidade não é um objetivo quantificável que pode ser obtido, mas, sim, que é um estado qualitativo de viver que tem que ser conquistado.

Descobriram que apesar de um dicionário poder definir a palavra felicidade, não existe definição de felicidade. Toda idade, sociedade, religião, filósofo, guru ou indivíduo tem uma compreensão diferente do que é a felicidade.

Então, o que é a felicidade?

Na história, o Bilionário e o Monge aprendem que a felicidade é a harmonia entre a mente e o coração. É um equilíbrio entre a ambição e o riso. A felicidade não tem a ver com sacrificar ou adquirir. Eles apreciam o fato de que a felicidade é a busca de dinheiro por meio da rota do minimalismo; no entanto, a felicidade não é um destino ao mesmo tempo. Eles reconhecem que a felicidade é a coragem de dizer NÃO, mas manter viva a curiosidade de uma pessoa, assim como sua criatividade, dizendo SIM e explorando. Eles descobrem a sabedoria de que a felicidade está em respeitar o "desculpe" e o "obrigado" e percebem que a felicidade depende de todos, mas ainda assim não depende de ninguém.

Por fim, eles descobrem que a felicidade não é um conceito complicado como é projetado para ser, e que a felicidade não passa da soma dos elementos comuns da vida diária, bem-feita e com gratidão.

Agora, quando têm que responder "Você é feliz?", os dois compreendem verdadeiramente a pergunta e sabem a resposta.

PONTOS DE CONHECIMENTO

"Felicidade é quando o que você pensa, o que você diz e o que você faz estão em harmonia."

— Mahatma Gandhi

AS ANOTAÇÕES DO BILIONÁRIO:

1. O minimalismo ajuda a desentulhar o espaço mental e o físico.
2. Uma mente sem entulho leva ao foco, à consistência e à disciplina na vida.
3. Qualquer coisa que ajude você a se conectar com seu eu interior é meditação.
4. Viver em harmonia com a natureza é, em si, fonte de felicidade.
5. Guardar mágoas é solo fértil para as ervas daninhas da infelicidade crescerem.
6. Ser sábio, mas alheio, é essencial para a felicidade.
7. Ninguém pode dividir sua doença ou dor física.

8. Ambição, paixão e trabalho árduo multiplicam a felicidade na vida.

9. O senso de humor é um valioso ímã de felicidade.

OS APRENDIZADOS DO MONGE SOBRE A FELICIDADE:

1. Objetivos bem definidos são essenciais para a felicidade.

2. Manter uma lista de afazeres aumenta a produtividade e a confiança.

3. A tecnologia é uma ferramenta e não deve se tornar o mestre.

4. Ser grato pelo que você tem é mais importante do que culpar os outros pelo que você não tem.

5. Culpar multiplica a negatividade da derrota.

6. Aprender a dizer NÃO é essencial para ser feliz.

7. Dinheiro = renda + economias + investimentos + consumo.

8. Os relacionamentos que se baseiam em respeito atraem felicidade.

9. Pedir é a chave para receber.

CARTA DO AUTOR

Caro leitor,

Obrigado por dedicar seu valioso tempo para ler esta simples história. Espero que ela tenha aproximado você do objetivo que buscava quando começou a ler este livro. A busca da raça humana pela felicidade é eterna, e eu espero ter acrescentado valor a sua vida ao compartilhar minha perspectiva sobre felicidade.

Este livro está sendo preparado há anos. Tenho tido a sorte de observar a vida por meio de muitos papéis, situações e perspectivas diferentes. Como dizem, o bem, o mal e o feio são lições que a experiência me ensinou.

Em algum momento desta jornada, percebi que a beleza da vida está nas contradições que ela oferece. Geralmente, as decisões certas trazem as consequências erradas e vice-versa. As derrotas mais significativas se transformam nas maiores vitórias no último momento, e, apesar de ser o sol que causa o arco-íris, o crédito vai para a chuva! É, portanto, essencial sempre ser grato pelo que a vida dá e manter o senso se humor, mesmo nos períodos mais cansativos, porque a vida tem mente própria, que está além do domínio do controle. Por maior que um desafio possa parecer, a perseverança humana sempre será maior.

O Bilionário e o Monge vivem dentro de nós – a mente e o coração. Todos os dias, enfrentamos o dilema de equilibrar a voz da mente com o chamado do coração. A mente vê e o coração sente, e é a harmonia entre eles que nos dá felicidade. A felicidade está no equilíbrio.

Espero que as lições compartilhadas nesta história ajudem você a conseguir essa harmonia e felicidade. É essencial se lembrar de que não importa o que tenha acontecido no passado nem onde esteja hoje, você sempre pode começar do zero – o futuro depende de hoje. Todo amanhã começa hoje.

Por fim, se este livro ajudou você em sua busca por felicidade, compartilhe seu conhecimento com os outros. Precisamos ajudar as outras pessoas a verem a beleza da vida além do peso de nossas lutas diárias e ajudá-las a aprender que o primeiro passo para um mundo feliz é ser feliz.

Eu adoraria saber quais são suas visões a respeito deste livro.

Você pode me enviar um e-mail no endereço vibhor.kumarsingh@gmail.com e dividir suas opiniões sobre a história. Você também pode visitar nosso site www.vibhorkumarsingh.com para saber mais detalhes.

Obrigado.
Com os melhores cumprimentos,
Vibhor Kumar Singh

Compartilhando propósitos e conectando pessoas
Visite nosso site e fique por dentro dos nossos lançamentos:
www.gruponovoseculo.com.br

figurati

facebook/novoseculoeditora
@novoseculoeditora
@NovoSeculo
novo século editora

Edição: 1
Fonte: Calluna